臨！
奇　詞語商店
找回幸福的神奇瓶子
奇蹟詞語商店
廖小琴／著
词

目次 Contents

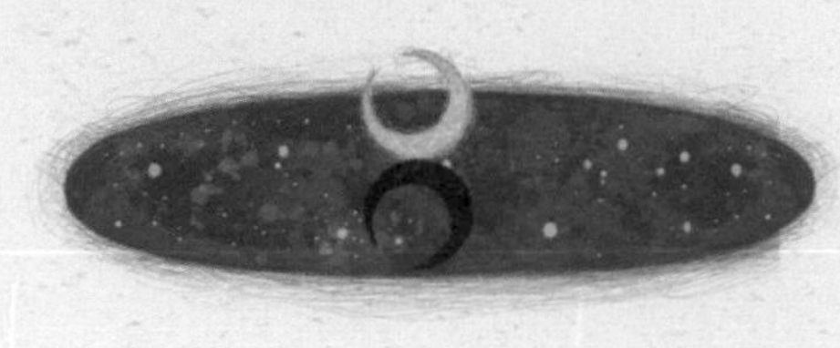

你聽說過販賣詞語的商店嗎？

哦，沒聽過嗎？那是我開的店！

你問我店裡賣什麼，短短幾句話說不清楚。不然，我們坐在菊花叢裡，一起喝茶、賞花，你讀一讀我趁閒暇時寫的關於這家店的故事吧？

來，我幫你翻開第一頁。

01 遺忘的詞

從繁華的東大街路口，轉進一條幽深的巷弄，繼續走上一小段路，你會看見一棵老槐樹。向右轉，再沿著一條老舊的青石板路走一段，就抵達了深巷的盡頭，這裡有一家門前掛著燈籠的店鋪。

這家店是我開的。

走進店裡，一排排書架上，擺放的不是書，而是大大小小、五顏六色、奇形怪狀的瓶瓶罐罐。

有客人上門時，我迎接客人。沒客人來訪時，我盤腿坐在長長的橡木書桌上，和書架上瓶罐裡的傢伙對看。

它們在等待。

我也在等待。

總會有人來的。

這時，門鈴響了。貓帶了一個年輕的女孩進來。

她告訴我，是她的一位朋友介紹她來到這裡。

「我最近常常心情不太好，動不動就想流眼淚，也許你能

幫幫我。」女孩眼圈微紅，輕聲地說。

我坐直身體，將她上下打量了一番，問：「那妳想要維護、拋光、烘焙，還是購買？」

看她一臉迷惑，顯然她那位朋友並未告訴她，我這家店的規定。

「維護，是對妳身體裡已經存在的詞語進行加工處理；拋光，是將妳身體裡生鏽的詞語重新打磨；烘焙，是將妳身體裡的詞語再度組合；購買嘛，就是妳從我這裡買回妳已經遺忘的詞語。」

「我怎麼會知道自己遺忘了哪些詞語？」她的反應倒是很

名稱：運動

編號：Y312

味道：胡椒味

使用說明：帶著感情反覆誦讀

快，只見她連忙發問。

「這很簡單，我會提示妳，例如——運動？」

她困惑地看著我。

「妳看，這個詞語，妳就需要購買，因為妳已經不記得它了。」

「我好像確實需要購買這個詞語，要不是你提醒，我已經完全忘記『運動』是什麼了。」她羞怯地說。

「運動」這個詞語，黃棕色，球狀，胡椒味，脾氣有點暴躁，編號是「Y312」，擺放在書架上第三排第一列二號，靠牆角的位置。

我將這個詞語的球形瓶取下來，遞給她。

「我需要將它喝下去嗎？」女孩問。

真是的，詞語這種東西怎麼能喝呢？它是語言啊，語言當然得用唸的，要誦讀它，唱出來也可以。

她懂了。

於是，女孩揭開瓶蓋，捧著它。「運動，運動，運動。」她輕輕地唸著。瓶子裡「運動」這個小傢伙，就這樣被她喚醒了，只見它打了個哈欠，抬起頭安靜地看著她。

「妳得帶點感情繼續唸。」我提醒她。

「運動，運動，運動。」她放緩了聲音，變得低沉柔和。

女孩似乎慢慢想起了自己曾經擁有它的記憶，她的心情好像變得有些激動。

「運動」這個小傢伙開始動了，它的身體變得圓滾滾的，顏色變得黃澄澄的。太好了，它開始回應她了。

詞語這種東西，人類的情緒就是它們的陽光、空氣和養分。

看啊，隨著女孩越唸越大聲，「運動」的身體也越變越大，並且不再局限於球狀，而是一會兒蠕動成正方形，一會兒又變成了三角形、長方形，它身上散發出的胡椒味也越來越重了。

終於，砰的一聲，它消失了。

「它跑進我身體裡了。」女孩抬起頭，激動地對我說，她的眼圈又有點紅了。

「妳回家後，就要好好開始運動喔。」我擺出了店主的派頭，叮囑女孩。

女孩點頭，又納悶著對我說：「真奇怪，之前心理醫生也要我運動，但我總是拖延，下不了決心，可是我現在恨不得馬上就去跑步、騎車、游泳。」

「有什麼好奇怪的！心理醫生吐出的詞語又輕又薄，只進了妳的耳朵，沒有真正進入妳的身體和內心。我販賣的這些詞語不一樣，它們可是我辛辛苦苦從每個詞語最初被書寫進去的書中，一個又一個找出來，又一個一個琢磨出它們的性格、顏色、形狀、味道後，用特製祕方將它們重新提煉才得到的。它們會成為那些需要、喜歡它們的人生命的一部分。」我摸著鬍鬚，搖頭晃腦地對女孩說。

女孩很滿意。接下來，她又購買了「旅行」、「讀書」、「電影」三個詞語。我保證，這些詞語，將會使她的心情很快好起來。

02 生鏽的詞

剛剛被貓領進來的這個男人，看起來有點眼熟，但我一時又想不起來曾經在哪裡見過他。

「聽一位朋友說，你這家店很厲害。」他趾高氣揚地說道。

哼，我一不打廣告，二不拋頭露面招搖撞騙，店鋪經營得好，靠的就是口耳相傳，當然厲害。

我抱著雙臂，端坐在桌上，不吭聲，與他四目相對。

「這個……」他大概知道在我面前擺架子是沒用的，畢竟他是有所求才來到我的店裡。接著，他放低了聲音說：「最近，我總覺得心裡有所牽掛，想來想去，卻找不出原因，不知道自己在牽掛什麼。」

哦……

很明顯，他身體裡某個和「牽掛」有關的詞語生鏽了。

「究竟是哪個詞語呢？我可是個詩人，和你差不多，天天都和詞語打交道。」他仍舊一副傲慢的態度，斜著眼睛對我說。

那又怎麼樣？編纂詞典的人、語言學家、作家，這些人每

天都和詞語打交道，照樣時常忘詞、掉詞。

要找出是哪個詞語生鏽了，並不容易，得借助點手段。

「說一組讓你感動的詞吧。」我敲敲桌子，用老師教導學生的口吻對他說。

「小河、蜻蜓、油菜地、麥田、炊煙、姊姊、母親……」他一個詞接一個詞說著。

不愧是詩人，聽聽這些詞語多美妙啊！像豆娘，像蝴蝶，像蜻蜓，牠們長著一對對可愛的小翅膀，輕輕地飛舞，直往人心裡撲來。我托起腮，沉浸在這些詞語中，恍惚間，看到了一個男孩奔跑在大地上。

「山坡、魚、父……父……父親……」

「停！」我驚醒過來，連忙阻止他繼續說下去。

唉，多麼重要的一個詞，他居然讓它生鏽了。

他的臉漲得通紅，剛進門時的那副傲慢態度完全消失了。

我拿來一只細長的玻璃瓶，對準他的嘴巴。

「重新說一遍剛才的詞語，讓它從你的嘴裡鑽出來。」

「說完之後呢？」他狐疑地問。

「我得根據它生鏽的程度，對它進行拋光處理。」我摸著鬍鬚，搖頭晃腦地說著。

「父親」這個詞語，像一條細細長長的線，鑽進了瓶子裡。

貓拿來一盞油燈，我對準焰心細看……怎麼回事，這個詞語不但鏽跡斑斑，還破損了，像是和人打過架一樣，帶著仍未癒合的傷痕。

不過這麼多年來，像這樣的詞語，我也沒少見。父親啊、母親啊、哥哥姊姊啊，好像都和那個「我」爭鬥過。有的和解了，慢慢癒合，恢復如新；有的卻始終受著傷，無法治癒。

「得先修理它，再拋光。」我指著瓶中面黃肌瘦、奄奄一息的詞語說。

「好。」他同意了。

這對我後續的工作很關鍵。

「貓，帶他去靜室。」我對著貓大喊。趴在桌邊懶洋洋的貓，不滿地朝我喵了一聲，跳下桌子，帶他去了後院的靜室。

「坐在這裡，安安靜靜地看著瓶子裡的詞語，和它聊聊吧，聊什麼都可以，好的壞的，只要你願意，聊得越澈底越好。」我跟過去叮囑。

「就這樣？」

哼，他以為和一個受傷的詞語聊天是件容易的事嗎？

「聊吧，聊完再出來。」我毫不客氣地說，隨後砰的一聲將他關在了裡面。

我喝著茶，和貓閒坐在店門口曬曬太陽、下下棋，討論了大半天哪個口味的雞肉最好吃，又回屋裡睡了一大覺。直到傍晚醒來，才聽見靜室的門吱呀一聲開了。

他出來了。

詩人顯得很平靜。瓶子裡那個和他聊過的詞語，原本瘦瘦癟癟、灰溜溜的。此刻，它好像變胖了，而且顏色泛著幾分紅潤，但是這還不夠。

還得繼續對它拋光。

「捧著它，就像捧著寶石一樣。」我將瓶子放在他的手掌心裡。

「然後呢？」

「然後什麼都不用想，只需要好好感受它。」他很聽話地照做了。

書架上，所有的字詞，都順著時間從遠古而來，飽含每一個呼喊過它們的人的氣息。是所有人的美好情感，造就了一個又一個獨特的詞語。它們可不是隨隨便便就成了瓶子裡的模樣。

不用我叮囑，它會和他交流，喚起他對它原始的美好記憶。那份記憶，是所有人的，也有他父親的那份。

好啦，現在明白該如何對詞語進行拋光了吧？其實，就是靜下心來和詞語好好交流。你看，瓶子裡的「父親」變得明亮了，顏色緋紅，開始躁動不安，似乎就要奪瓶而出，循著來到這裡的路回去。

我揭開瓶蓋。

「父親」這個詞語朝他撲過去。他仰著臉往地板坐倒，呵呵地笑了，像是一個淘氣的小男孩。

「我得馬上打個電話給我父親，從他反對我為了寫詩退學、直到我成為詩人後，我們再也沒聯繫過。」他羞澀地開口。

月亮出來了，我仍然沒想起曾經在哪裡見過他，也許是在一本詩集的作者署名處？

03 苦惱的商人

一聽到腳步聲，我就知道糟了，想趕緊找個地方躲起來，可惜我的身體慢了半拍，已經來不及了。

來到店裡的人，正笑嘻嘻地站到了我面前。

我只好裝作不認識他。

「狐大人，我們又見面了。」他解下圍巾，抖落身上的雪

花，諂媚地說。我翻了一個白眼，本想甩他一句「你是誰啊」，但總覺得這樣回應太不友善，只好作罷。

「這次來找我，又有什麼事？」我明知故問。

「託上次從你店裡買走的詞語的福，我最近生意做得很好，只是感覺身體有點疲憊。」

「那就休息一下。」

「沒辦法好好休息，腦子裡裝滿生意的事，一樁樁、一件件，跟走馬燈似的，在我眼皮底下來回轉動。」聽他這麼一說，我的眼皮突然跳了一下。

「你想要的東西太多了，每次來店裡購買的詞語也多，家

庭、愛情、事業，一股腦兒的什麼都想擁有，不累才怪。」我斜著眼譏諷他。

「是是是，所以我又來找你想想辦法嘛。」

我暗自想著，這傢伙的態度倒算得上誠懇。

他是一個商人。第一次走進我的店裡時，說自己不知道該如何和別人打交道。他所謂的「別人」，指的是競爭對手、生意合作夥伴等等。

那天我正好才吃完一頓美食，心情不錯，一時衝動，就將「馬屁」和「圓融」兩個詞賣給了他。當然，後來為了彌補過失，我又把「真誠」和「信譽」也賣給他。

這麼多年來，我深切地感受到，詞語就像火焰，可以為冰冷的房屋供暖，也可以使其熊熊燃燒成灰燼；詞語又像豔麗的花朵，可以愉悅人心，也可以蠱惑人心；詞語還像土地，能供養萬物，也能讓生命腐爛。而我正是受到詞語的吸引，喜歡上它們，這才不肯放手，一直經營著這家店。

貓為他沏了一壺風雪茶。他喝了一口，長舒一口氣，放下杯子，滔滔不絕地談起他的事業、家庭和親情。

我認真傾聽他說出口的每一個詞語。要知道，他就是那種可以說「鼴鼠踩壞了菜園」，也可以說「鼴鼠偷偷溜進了菜園」

的人。「踩壞了」令人厭惡，「偷偷溜進了」卻令人覺得有點可愛。同一件事，在不同的情緒和情感下，選擇不同的詞語表達，會給人完全不同的感受。

商人也屬於只願意說漂亮話的那類人。也就是說，從他嘴裡冒出的詞句，不一定是他真正想表達的，而是他想要說給你聽的。商業話術善於偷換概念和切換詞語，比如「你的眼鏡很適合你的髮型」，這並不代表他認為你的眼鏡好看。

好啦，我已經聽出來了，儘管他有所隱瞞，我仍舊能分辨出他的確被一些東西困住了。

「你需要再購買一些詞語。」我說。

「太好了，只要是你建議的，我都買。」他激動地搓搓手。

「不過，你得先刪掉一些已經擁有的詞語。」

「啊？」

「購買新詞語需要更多的空間。」

「刪掉哪些詞語呢？」

我根據他剛才滔滔不絕的陳述，在大腦中篩選後，慢慢說著：「紅酒，消夜，乳酪，雪茄，烤肉，麻將，應酬，拍馬屁，還有謊言。」

他看了我好一會兒。

「這些詞語都需要刪掉嗎？」

「購買多少新詞語，就得刪掉多少舊詞語。」

「好吧，」他一副豁出去了的神情，「先刪掉消夜、乳酪、麻將和烤肉。」

貓取來一個小火爐。

語言也好，詞語也罷，如果要從人的身體裡刪除，就不能唸誦它們，得寫在紙上，投入火中燒掉。

他寫了「消夜」。

這是一個暗紅色的詞，胖乎乎的。本來很可愛，可惜已經被他養壞了，變成紅褐色，軟癱成一條菜蟲的模樣，散發出滯悶的油腥味。才將「消夜」投入火中，火舌立即將它捲入焰心，

燒成灰燼。

他好像鬆了一口氣，說道：「我早就想戒掉消夜，一直下不了決心。」接著，他又寫下另外三個詞語。它們都變成了灰燼，從此，他不會再惦念這些詞語了。

我賣給他森林、原野、星空、河流。真捨不得賣掉它們啊！瞧，森林，像一頭大象，混雜著蘑菇和漿果味；原野，像一隻豎起耳朵的花兔子，散發出花草和風的氣味；星空，淡藍色的，扁平的，低聲吟唱著，不停閃啊閃，又像帶著點冰淇淋味；河流呢，像條起伏的銀蛇，軟軟的，魚蝦徜徉其間。

商人帶著這些詞語心滿意足地離開了，我卻有點後悔。那

些詞語，值得賣出更高的價格呢！

04 一個大壞蛋

詞語有氣息，人也有。

有的客人一走進來，就讓我不舒服。

正站在我面前的這位客人，渾身帶著一股強盜氣味。儘管他看起來似乎一臉正派。

打從一進門，他就嚴肅地朝著我的詞語瓶子東張西望，不

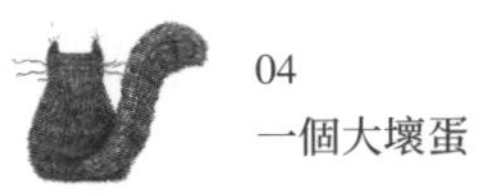

04 一個大壞蛋

像是來買東西，倒像是來巡查店鋪。我懶得搭理他，文風不動地盤腿坐在桌上小憩。貓也不想招呼他，逕自跑向店門口，搖著尾巴睡大覺去。

他最後還是憋不住了，對我說：「我聽說你開的這家店，沒有解決不了的問題。」

我慢悠悠地睜開眼。

「我遇上了一點麻煩。」他又說。

來到我店裡的客人，每一個都遇上了麻煩，真囉唆。我最厭惡這種說話愛拐彎抹角的人了。

「我需要渡過難關，對，這一次算是難關。」見我一直不

吭聲，他有點懊惱了。

「說吧。」我不耐煩地回應。

「由我負責控管品質的一棟大樓出了問題，現在可能得疏散住戶。」我聽了一驚，伸直了腿。

疏散居民？也就是說這棟大樓的問題很嚴重，或許會坍塌？

「我不知道該如何起草要發布的公告。而且，我一定會被究責。我不知道如何以書面陳述相關的品質問題，以便躲過這個難關。」

這傢伙身上已經沒有「責任」這個詞語了，正常來說不應該表現出這種想推卸責任的態度吧？可是，他說不出口。這麼大的事故，他卻僅僅一語帶過，還一臉我非得幫他不可的神情。他不是應該先檢討自己的過錯嗎？此刻，他滿腦子想的只是如何應付，好逃避責任。

我跳下桌子，走到書架前取下「真話」和「坦誠」兩個瓶子。

「什麼？」他一聽是這兩個詞語，像被蛇咬了似地大叫起來。

「我一時想不出別的詞語，根據我以往的經驗，應對這類問題最好是……」我在架子上翻找著。

「不行，馬上換別的詞語給我。」他竟然還如此理直氣壯。

換成「謊言」和「狡辯」？我才不要幫毫無責任心的人找這些詞語。我向來不亂賣詞語，尤其是像他這種身上帶著強盜氣味又佯裝正派的傢伙。有些詞語一旦落入他們手中，稍有不慎，輕則會蠱惑眾人，重則可能引起無法估量的災難。

不過，凡事都有兩面性，他們也可能會因為一些詞語結束戰爭，改變歷史，造福人類。

「那就『勇氣』和『面對』吧。」我準備取下這兩個詞語的瓶子。

「不行，難道你還不懂我的意思嗎？」看來他執意要掩蓋自己犯下的錯誤了。

詞語的確能掩蓋諸如真相或事實，可是，真相就是真相，事實就是事實，即使糊弄了別人，能騙得了自己嗎？

「對不起，恕我不能幫你。」

「你這隻老狐狸，是在裝糊塗嗎？」他氣急敗壞地說。

「送客！」我馬上反擊。

居然罵我是老狐狸！我是老，也是狐狸，但我可是隻千年狐狸。我曾經和陶淵明喝酒，和王維對弈，見識過多少風流人物！若是依我年輕時的脾氣，他剛一進門，就會被我轟出去。好在多年以來，詞語養出了我一副好脾氣，才能聽他絮叨這麼久。

「大人，我們又要搬家了嗎？」貓跳上桌，問道。

「不搬，他作賊心虛，不敢拿我怎麼樣。」

「好，那我們今晚……」

「吃火鍋。」

得用一頓好吃的平復一下剛才的氣憤，也讓我出出氣啊。

窗外又下雪了，我重新盤腿坐在桌上，等待下一個被貓帶進來的客人。

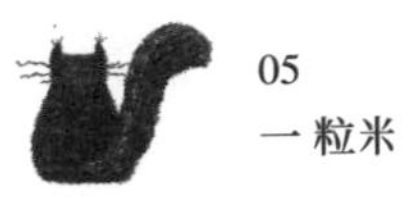

05 一粒米

我最不喜歡在融雪時節，待在冷得要命的屋子裡，幸虧貓生起了暖爐。

我和貓圍坐在暖爐邊吃烤魚。

我們邊吃邊烤，一想到此刻街上的人們手腳都凍僵了，正急匆匆地趕回家，烤魚就顯得格外香噴噴了。

咚咚咚。有人敲門。

氣死了，就是不讓人好好吃魚嗎？

我和貓屏住呼吸，假裝不在店裡。

咚咚咚。門敲得更響了。

我和貓相互看著對方，都想要搞清楚，是誰在大雪天這麼不辭勞苦地趕來打擾我們吃美食。

「請問，有人在嗎？」一個男孩的聲音隔著門傳了進來。

沒人！

「不對，」男孩意識到錯誤後，噗哧笑了出來，換了個詞又問：「請問，有狐狸在嗎？」

我翻了一個白眼。

貓舔舔爪子，看看我，朝門口走去。

我們可以拒絕大人，但是無法拒絕來求助的孩子，尤其是男孩——他們生氣時，簡直能將屋頂掀翻。

門開了，一張快活的小臉，從門口的屏風後露了出來。

「我還以為小表姊騙人呢，沒想到這裡真有一隻狐狸。」

他沒禮貌地說著。

我又送了他一記白眼。

本以為他站在外面等很久了，身體都凍僵了，沒想到這小傢伙的臉蛋卻紅撲撲的，身上冒出一股熱氣。

「你們在吃烤魚？」他皺了皺鼻子，高興地說。

男孩的鼻子倒是挺靈的。

「我也想和你們一起吃魚。」

他真以為自己是來吃飯的客人？真是沒禮貌。還是他想進來店裡，確認是否真有一隻狐狸？沒等我開口送客，他張嘴就說：「小表姊說，你很厲害，一定能幫我寫好作文。」

「哈啾、哈啾……」不知道為什麼，每次一聽到「作文」兩個字，我就直打噴嚏，好像對這個詞語過敏一樣。

看他又想說「作文」這個詞，我立刻阻止他。但當下我想恭喜他，男孩和大多數孩子一樣，有著相同的煩惱。據我所知，

根本沒幾個孩子真的喜歡寫作文。

「我不能幫你寫好作文，但你可以從我這裡買幾個詞語回去。」我裝腔作勢地對他說。

「哦，那……買詞語貴嗎？」

「你有多少錢？」我輕鬆地問他。

「我有壓歲錢、零用錢、生日禮物錢、幫家裡賣舊物的錢……」他扳起手指頭說了一大堆，但我還是不知道他有多少錢。

不過，看得出來，男孩的確深深為作文苦惱著。

我突然想起來，賺小孩的錢，本老狐身上會不會掉毛呢？

「你購買一個短句就行了。」我慢條斯理地說。

「短句？」

「對，這家店主要販賣詞語，但兼賣字句。」

「只要一個短句？」男孩吞了一口口水。不知道他是聞到了烤魚的香味，還是迫不及待想立刻得到這個短句。

裝句子的瓶子靠牆擺放著，有長方形、正方形、檸檬形、花蕾形等各種形狀；也有茄紫色、晚霞紅色、魚肚白色，各種顏色。

我取出一個緋紅色的圓錐形瓶子，裡面沉睡著一株八爪魚形狀的小樹。

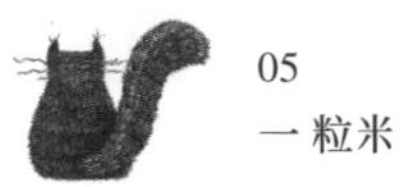

05 一粒米

男孩怔怔地瞅著它。

「這是什麼？」

「熱愛生活。」

「啊？」

別看這四個字平凡無奇，威力卻無比強大，既有氣吞山河之勢，又藏橫掃千軍之力。

「這句話，我聽老師說過。但這和寫作文有什麼關係嗎？」

「哈啾、哈啾，當然有！」

「比如說呢？」

真氣人，美味的烤魚已經熟透了，貓正往上面撒蔥花呢。

「比如，你寫作文得有感情、有感受，那些感情和感受，從哪裡來？」我氣呼呼地問他。

「從哪裡來？」他雙眼閃耀著光芒問我。

「當然是從生活中來嘛。」

「哦……」

哦什麼？臉上分明寫著「不明白」。

算了，算了，我就好狐做到底。

貓取下魚，讓出暖爐。

我把「熱愛生活」倒在白瓷碗裡，放在火爐上。很快地，

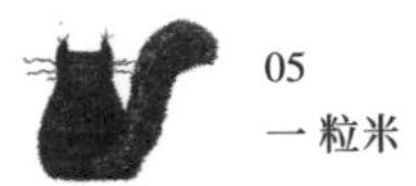

05 一粒米

小木柴嗞嗞嗞地開始燃燒，在爐子的上方變成了一片雲、一條魚、一朵花、一團霧……

男孩目不轉睛地看著眼前的一切。

雲啊，魚啊，花啊，霧啊，變成了一頭猛獸，一個豆莢，一座小山，一隻大鳥。它們在男孩的面前千變萬化，像時間遊走，山川河流匯聚，有鍋碗瓢盆聲，還有獸在叫、鳥在鳴。

男孩痴痴地看著，他開始和「熱愛生活」交流了。

片刻後，剛才發生的一切，變成了淡淡的一縷輕煙，消失了。男孩的雙眼變得很明亮。他帶著喜悅，看著埋頭吃魚的貓。

「這四字短句的有效期限只有三天。」我提醒他，男孩詫異地回望了我一眼。本來不想多解釋，誰教他是一個孩子呢！何況，這麼冷的下雪天，他本該待在溫暖的家裡，而不是為了寫好那東西，來到我這裡。

「剛才，它只是因為你需要它，才鑽進你心裡去。若要它留在你心中，則需要巨大的心靈能量，如果……」

「如果什麼？」他急切地問。

「如果你能像這三天裡一樣，去感受周遭的一切，它自然會在你心裡生根發芽，別說你想寫好作文，哈啾、哈啾，你就算想寫一部精采的小說也不難。」

05
一粒米

貓竟然已經吃光了整條烤魚，正愜意地舔著爪子。我吞嚥了一口口水，瞪牠一眼，指了指後院。

貓伸伸懶腰，去後院取來一粒米給我，這個懶傢伙。

我將這粒米舉到男孩面前，讓他用心看，用剛才那四個字給予他的力量看。

他最初看到的僅僅是一粒米。

但他和我一樣，很快就看到那粒米不見了，變成了一顆穀種。

穀種在育苗棚裡發芽，長出了小秧苗，栽種進了清亮亮的水田裡，開始抽穗、揚花，被陽光照耀，經風雨吹打，有鳥兒

為它歌唱，有雷電在它的頭頂轟鳴。接下來，它變得金黃飽滿，被一雙大手收割，又在打穀機中翻滾脫殼，最後被裝進厚實的米袋裡，放在貨架上。

米還是那粒米，被我舉到了男孩的面前。他按著胸口，怔怔地看著那粒米。只有真正熱愛生活的人，才能看到這粒米的一生，他剛才看到了。

看到了，才能領會。

我們吃下的每一粒米，從來不僅僅是一粒米，我們也吃下了陽光雨露、鳥語花香和電閃雷鳴。

我又翻開桌上的書，找出一個「米」字，指給男孩看。

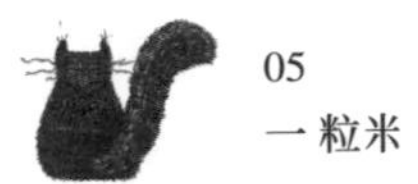

05 一粒米

一個字，也從來不僅僅是一個字。字裡藏著所有事物原始的樣貌。

我不知道如何寫好那什麼作文的，但是我知道不熱愛生活，就不會擁有豐富而真摯的情感，就寫不好那東西。

男孩高高興興地走了，連那粒米也被他帶走了。

我和貓坐回到暖爐前，重新端來一盤魚，繼續烤著吃。風呼呼地吹過屋頂，我莫名想看看它的模樣，於是推開了窗。

呼呼呼！

06 字蟲和香壺

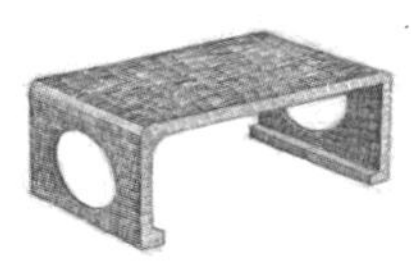

貓衝進屋裡喵喵叫時，我正在做夢。

夢中，我和族人正在林中追逐嬉戲。我因為貪聞菊花香，邂逅了醉酒的五柳先生陶淵明。秋高氣爽，菊花繁茂，黃蝶翩飛，我們相看良久後，陶公舉起酒壺說道：「小狐，你好！」

從那以後，我們經常相遇。

陶公嗜酒，常持壺而吟。他告訴我，自己所吟為詩。他又在沙地上，用枯枝隨意書寫，告知我所寫為字。

我生性聰穎，在「菊」字中，

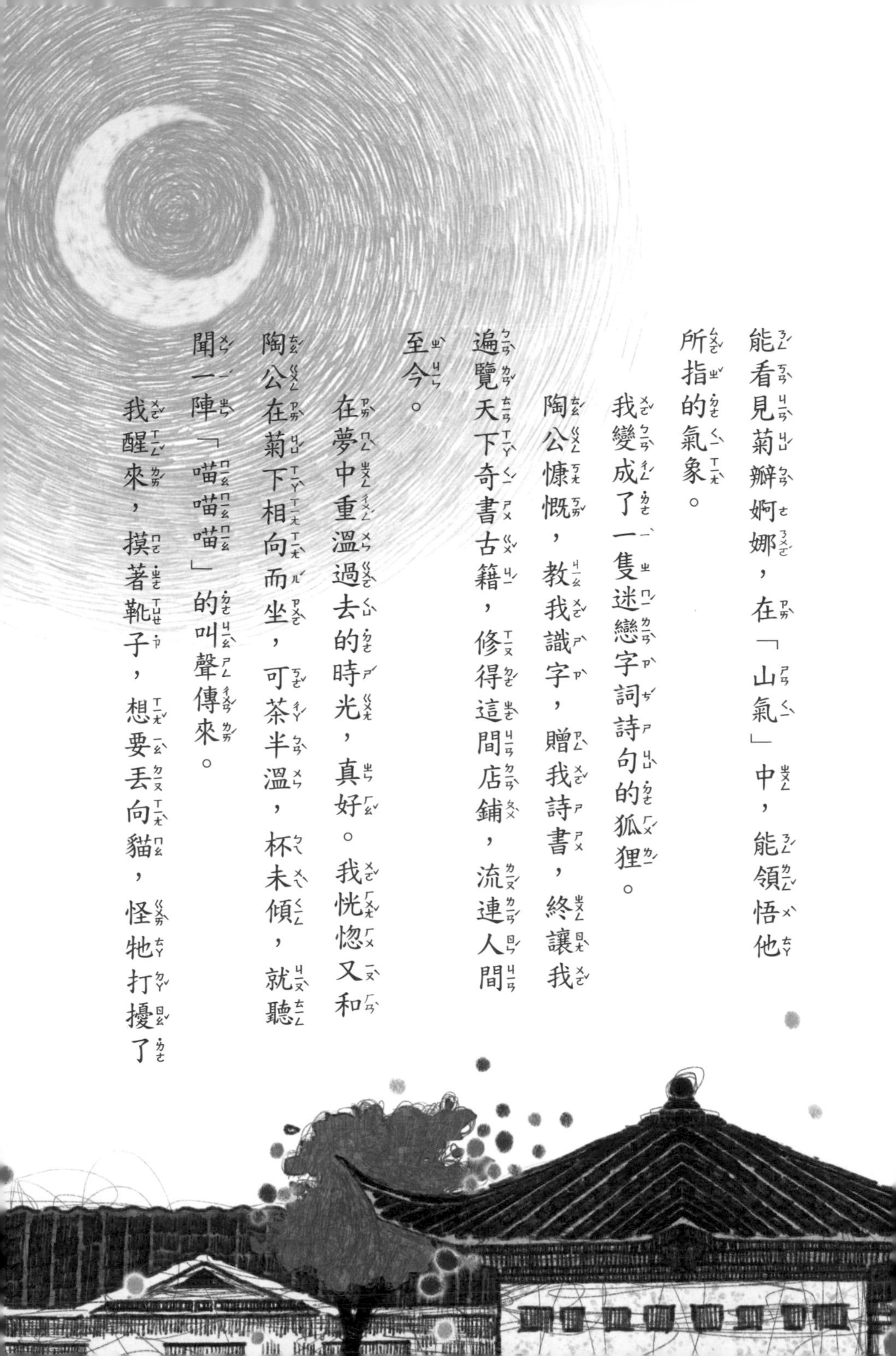

能看見菊瓣婀娜，在「山氣」中，能領悟他所指的氣象。

我變成了一隻迷戀字詞詩句的狐狸。

陶公慷慨，教我識字，贈我詩書，終讓我遍覽天下奇書古籍，修得這間店鋪，流連人間至今。

在夢中重溫過去的時光，真好。我恍惚又和陶公在菊下相向而坐，可茶半溫，杯未傾，就聽聞一陣「喵喵喵」的叫聲傳來。

我醒來，摸著靴子，想要丟向貓，怪牠打擾了我的好夢。

貓說，城南起火了，好像有古書被焚燒。

我一驚，慌忙跳下床，怪牠不早點叫醒我。牠抓撓棉被，以示抗議。

城南一角，果然火光沖天。

有來救火的，也有好事之徒，雖是寒冬深夜，街上熱鬧得很。被燒的是一家私人宅院，內藏古董字畫，還有不少古籍。

許多字詞，似魚似蝶似蟲似花，從火光中飛出，企圖掙脫席捲而來的火舌。我連忙打開隨身攜帶的字壺，放出字蟲。

06
字蟲和香壺

字蟲，飛蟻大小，誕生於伏羲時期，以字為食，尤其喜食古字、古詞、古詩。平日裡，我以自己書寫的字詞餵養牠們，並訓練牠們吞食字詞後又吐出的本領。古時，嶽麓書院、石鼓書院、嵩陽書院等處遭遇大火時，牠們都曾大顯身手。

人聲喧嘩，無人注意這些逆向撲滅火舌的字蟲。即使人們看見了，也只會誤認為是灰燼吧。

火焰太猛，許多字詞發出刺耳的尖叫聲，被火舌吞噬。

貓不滿地看著我。

光靠字蟲救火，已經來不及了。我趕緊掏出香壺。

一揭開壺蓋，一股香味噴湧而出，飄散在空氣中。那些慌

成一團的字詞，聞到香味，紛紛朝香壺瓶口飛了過來，在空中形成一條細細的光徑。有個婦人發現了，對身邊的男人指了指，但他們的目光很快被駛來的消防車所吸引。

字詞們魚貫而入香壺裡。

有字蟲衝進焰心，從火舌的舌根處搶奪字詞。火焰的劈啪聲，消防車嘩啦啦的噴水聲，看熱鬧的人群七嘴八舌聲……而我聽得最真切的還是字詞的尖叫聲，字蟲的嚶嚶嗡嗡聲。

上次，古籍書院著火，雖然及時搶救出四百五十七個字詞，卻損失了十一隻字蟲。現在，字壺裡只剩下三十二隻字蟲，不能再少一隻了。但這些小傢伙才不管我用竹笛吹出的「收

06

字蟲和香壺

兵」信號，還一個勁兒往火裡撲。

貓碰碰我的手臂。我順著牠的目光，朝屋頂燃燒得正旺的焰心看去，那裡有一朵金色的花，像一顆小小的太陽，快速地旋轉、飛奔，躲避著不斷朝它捲去的火舌，也躲避著向它撲去的字蟲。

那是一個有意思的詞語。

我連忙吹笛，告訴它，我這裡可以庇護天下所有遇難的、流浪的字詞。可是，它沒有回應我。

真是一個驕傲的傢伙呢！我繼續吹笛告訴它，可以隨著字蟲出來，否則它會被火焰吞噬。

它聽見了，旋轉的速度變慢了一點，隨即傾斜射出，突破火舌和字蟲的包圍，飛了出來。我狂喜，以為它會徑直飛入香壺。

它卻朝黑沉沉的東南方飛去。

我趕緊追上去。

它有著金黃的顏色，在黑暗中，花瓣一瓣一瓣凋零，消失了。它遁入了黑暗的夜色中。我聞著它留在空氣中的幽香，內心泛起一陣惆悵。擁有好質地的字詞，向來可遇不可求。

「好吧，我不強求，如果你回心轉意了，可以隨時來找我。保重！」我對著黑夜中的巷口說。

我沒告訴它店鋪地址，它也不需要。字詞的氣息，字詞知道。

火被撲滅了。圍觀的人群紛紛唏噓古董字畫書籍全被燒了。我裹緊棉衣，低著頭，和貓一起離開。

回到詞語商店後，我和貓請出香壺和字蟲肚裡的所有字詞。我告訴它們：願意留下的，我會提供住所，直到被來到這裡的客人帶走；不願意留下的，可以離開，自由自在地行走在天地間。

大概是習慣了安靜地住在書籍中的生活，沒有字詞想要離開。它們住進了一個又一個詞語瓶裡，被我放在書架上。

忙完這些，天已微亮。

我和貓沏了一壺茶，坐在窗邊，看天喝茶。

太陽就要出來了，那個昨夜不願意跟著我回來的傢伙，躲到哪裡去了呢？它還真是有意思，因為它是「黑暗」這個詞，才躲去黑夜中嗎？一想到它曾像一朵金色的花，又像一顆小太陽，我鬆了口氣，不再為它擔心。

07 被汙染的詞

門吱呀一聲開了。

貓領著一位客人，走了進來。聽這腳步聲——不妙，果然是她。

我想要躲起來，但已經來不及了。我索性往桌上一躺，假裝酣睡。

「狐大人，狐大人。」她小聲呼喊，輕輕推我。

哼，喊再大聲也沒用。不過，她好像帶了禮物來，聞著好香。

「狐大人，我燉了一隻土雞，給您帶來嘍。」

土雞？我的眼睛不爭氣地睜開了。

「妳不賣餛飩，改賣燉土雞啦？」我一躍而起，端坐在桌上，裝腔作勢地對她說，眼睛卻直勾勾往她拎著的食盒裡瞧。

「我是特意為您燉的。昨晚下鍋，用小火一直慢慢燉到今天早上。」她笑咪咪地邊打開食盒邊對我說。

我才不上當。

「我最近正在吃素。」我嚥下一口口水說。那隻雞燉得骨肉分離，湯裡還放了紅棗、枸杞，看上去很美味。

「吃素？那您就當這是素食好啦。」她將食盒推到我身邊，狡黠地一笑。

狡猾的婦人！

「再說一遍，」我對她豎起食指，「我絕對絕對不提供到府服務，總統、國王也不例外。」

「放心，放心，」她湊近我，「這次我把他帶來了。」

「啊，人呢？」

「他說，店門口種的爬藤月季長得真好看，正站在外面欣

賞呢。」她伸出手，指了指門外。

我揉揉鼻子，看向貓。貓看向放滿瓶瓶罐罐的書架。

「那，他願意來我的店裡？」

「這次願意了。」婦人笑道。

我這裡可不想接待不情不願的傢伙。

「等他看夠了再進來，妳也出去看看吧，數數一共開了多少朵花。」我瞥向食盒，吞嚥著口水說。

「好，那我們等會兒再進來。」

她才剛出門，我和貓不約而同撲向了食盒。我吃雞，貓喝湯。

香，真香。

「嗝——」片刻間，我和貓就將一盅雞和湯吃得一乾二淨。

吃完，貓帶了婦人和她兒子進來。

那個孩子，不，他已經是三十歲的人了，該稱為男人，長得還滿英俊的。一個月前，婦人聽說了我這裡是間神奇店鋪之後，三不五時就跑來店裡，求我幫幫她兒子，說他懶散、不上進，整天在家裡看電視和玩網路遊戲度日。

她以為我是誰，能治懶惰病？

算了，今天就看在那隻已經被我吃進肚子裡的美味燉雞分上，試試吧。

我讓貓帶著婦人到門外繼續數花。

「沒想到你還真是一隻老……」男人等他的母親一出門，馬上向我搭話。

「老狐狸？」

「嘻嘻。」

嘻嘻？

「你為什麼不去上班？」

「我不想去。」

這個回答，我一時竟找不出詞語來反駁他。

我準備先和他玩一個遊戲。

「上班！」我說。

「糟糕。」他回答。

「上班！」

「真累。」

「上班！」

「挨罵。」

「上班！」

「加班。」

……

好傢伙，從他嘴裡跑出來的字詞，都是渾身一團漆黑，沒

有一個乾淨光亮的，而且都很倔強，即使我拿字詞網把它們網住，它們也像一條條滑溜的小黑魚，蹦跳個不停。

我將字詞網舉到他面前。

「這是我剛才說的那些詞語？」

「對啊。」

「它們看起來真噁心。」

「這世間本沒有噁心的詞語。如果有，那是因為這些字詞被汙染了。」我不高興了。

他聽懂了，有點不好意思地搔搔頭。

我讓貓端來一盆水。

網裡的小傢伙被倒入水中後，漸漸安靜下來。真髒啊！貓連續換了五盆水，「糟糕」才露出一道繫在腰上的金邊；「真累」像戴上了帽子的松鼠，左右張望；「挨罵」怯生生地露出一張蒼白的臉。

男人好奇地看著它們。

「我現在好像沒那麼討厭上班了。」他喃喃說著。

那當然，造成他內心不想上班的這些詞語，已經被我從他心中取出來了。

詞語，也會被汙染啊！被汙染之後，它們會失去本來的面目，扭曲自己的本意，繼而形成一張網，限制人們的言行。比如，很糟糕、很累、時常挨罵，原本是用來表達情緒、與人溝通，一旦被汙染了，迅速結網，就會在人的腦海中呈現出一幅可怕的職場慘況。

現在，這些字詞在清洗後再次獲得淨化，總算暫時無法結網了，就算再提到「上班」這個詞，它們也會建構出別的畫面。

我將那幾個傢伙放在窗臺上曬曬太陽，又取出他內心中「上班」這個詞。「上班」被汙染得更嚴重，不僅面目全非，還癱軟成一團糨糊狀。我將它放在詞語過濾器裡，試圖對其進行拋光、切割，但是這個詞質地太差，已無法使用。

我從書架上取下一個紫色瓶子，裡面裝著一頭酣睡的小獸，散發出一股辛辣味，這才是「上班」的真面目呢！

我將這個詞給了他。

「或許，上班也有樂趣？」臨走時，他笑嘻嘻地問。

「那當然！」我沒好氣地回答他。

婦人興高采烈地帶走了她的兒子。

我筋疲力盡地盤坐在桌上，才想起忙了一下午，非但沒賺到半分錢，還倒賠了一個詞。唉，都怪我吃了那隻雞。

08 生病的思想家

我和貓坐在店門口，懶洋洋地曬著太陽打瞌睡。

一看到那個老人拐進巷子裡，我的睡意立刻消失，貓也打起了精神，用爪子洗起臉來。

他是店裡的老顧客了。可讓我們打起精神的不是這個，而是……等會兒你就知道了。

一圈，兩圈，三圈……我和貓不慌不忙地數著。上一次，他在巷子裡轉了七圈，才看到詞語商店的門口。

五圈！

只轉了五圈，他就看到我們了。這次有進步！

「腦子越來越不行了，」他握著我上次畫給他的路線圖，笑著搖頭說：「明明知道……知道……我來這裡要做什麼呢？」他竟疑惑地抬頭問我。

「你是來玩遊戲的。」我忍不住想調侃他一下。

「玩遊戲？不對，我是來翻新我的詞語。」

他總算想起來了。

08
生病的思想家

「我病了，」他又開口，「記憶變成了一個黑洞，許多東西不停地往裡面掉啊掉啊……我說到哪裡了？」

貓洗好臉，推開了店門。

「我病了嗎？」他又問我。

沒病才怪。

貓和善地朝他喵喵叫，示意他進店裡坐。

這麼好的天氣，我不能光是坐在門口無所事事地曬太陽，真是辜負了這麼好的陽光。

老人乖乖地坐在椅子上，像個小學生。

我嘆了口氣。

我們第一次見面時，他還是個穿著長衫的青年。那時，他不是我的顧客，也不屑當我的顧客。他來到店裡，只是想和我探討天、地、人。

這有什麼好討論的？我指天指地指他，指貓指自己指屋頂。他後來說，我這一番指點，竟讓他頓悟了。我本來想告訴他，我只是亂指一通。既然他說自己已經頓悟，我便不再多說。

言語，通天通地通人，但也是誤會、誤解、謊言的橋梁。

他後來成了一位思想家。

思想家再次找到我時，是在他得知自己的記憶出現了黑洞

08 生病的思想家

之後。他捨不得忘記一些東西，希望我想想辦法，為他保留記憶。

我又不是醫生。

「我只能替你翻新一些詞語，延緩它們消失的速度。」我實話實說。

思想家同意了。

貓為思想家沏來一壺明前雪芽茶。這傢伙，竟拿出了我最好的茶！

「還在吃藥嗎？」我隨便找個話題。

「還在吃，去東海龍宮開的。」

貓聽到這句話，鬍子往上翹了翹，我也忍不住笑了。和思想家聊天，很有意思。

「看到東海龍王的女兒了嗎？」

「看到了，她還唱歌給我聽。對了，我怎麼會來這裡？」

還不是你自己強烈要求的，要我將詞語庫裡的詞語拋光、打磨後，放進你的記憶裡，每隔一個月回來這裡一次！

「想起來了，狐大人！」思想家一拍大腿，一副恍然大悟的模樣。

「想起來啦？」

一想起來這裡的目的，思想家不喝茶了，要我立刻檢查他的詞語庫，趕快翻新那些他擔心會忘記的詞語。

於是我讓他想到哪裡，便說到哪裡。

這下子，思想家打開了話匣子。他不但去東海龍宮見了龍王，還和柏拉圖結拜兄弟、與莎士比亞討論哲學……一個個字詞從他口中飛出，在空中翻飛，有的破碎、生鏽、斷裂，有的卻變得熠熠生輝。

思想家最終想留下的詞語並不多。

我看著「母親」一詞，如同陽光下的向日葵般燦爛，「妻子」也像朵玫瑰般盛放，唯獨「兒子」一詞變得很黯淡。

我用字詞網網住了「兒子」。小傢伙灰不溜丟的，一副無

精打采的樣子。

思想家叮囑過，無論何種情況下，他都不想忘記這三個人，還有這三個詞。

詞語，是通往記憶深處的通道，也是回顧過往的載體之一。思想家想要保留和他們有關的記憶，哪怕記憶再也留不住了，至少也要留下這三個詞。

「最近沒和兒子聯繫嗎？」我打斷他。

他一臉茫然，反應過來後，搖搖頭。

翻新很簡單。

先判斷詞語的屬性，火性、水性，還是中性。火性的詞，用火燙；水性的詞，用水洗；中性的詞，放在木頭碗裡或埋進土裡養一養。

「兒子」這個詞屬火性。

貓拿來烤燈。我捏住小傢伙，直接將它放進火焰裡。很快地，它全身慢慢變成了紫紅色，精神十足地扭來扭去，扭成了麵餅的形狀，散發出一股麥香味。「兒子。」思想家輕輕地呼喊。

「兒子。」

「兒子。」

……

隨著思想家的呼喚，「兒子」漸漸消失了，而簇新的另一個詞語「兒子」，又回到了他的心裡。從今天起，如果他和遠在異國的兒子還是沒能取得聯繫，下個月就得再來翻新一次。

我又查看了他交代的幾個詞語，比如露珠、老屋、石榴樹。

別以為思想家、哲學家、科學家在面臨死亡和失去記憶時，會和普通人有什麼不同。其實他們和賣包子、賣瓜果蔬菜的人都一樣，想留下的往往不是曾經的輝煌、名聲和榮耀，而是曾經認真凝視的晶瑩剔透的露珠、童年時住過的老屋、曾摘下果實的石榴樹。

屋外，花在開，鳥在叫，春天在生長。店鋪裡，火在燒，

08

生病的思想家

水在流，詞語在歌唱。我和思想家相對而坐，一起喝茶。

09 了不起的貓

沒有經過我的允許，貓就關店了。看來牠又想去春遊。

一到春天，貓就無法安分地待在店裡。好吧，我也一起出去曬曬太陽。

一開始，我們還規規矩矩。牠就像一隻普通的貓，老老實實地在牆頭走跳。我呢，穿著衣服，人模人樣，慢慢走。可一聞到滿城空氣中飄散的月季香、百里香，我倆就好似什麼都忘了，甩開腿，飛奔著跳躍起來。

白狐、黑貓，去春遊。

城後的野山坡上，開滿了花，貓在那裡停下腳步。我也舒心地往草地上一躺。

貓追完蝴蝶，打完滾兒，蹭到我身旁，發出舒服的呼嚕呼嚕聲。

「貓啊。」我說。

貓抬頭看看我。

「貓啊。」我又說。

貓又懶懶地看我一眼，鬍子慢慢地往上翹了翹，發出長長的一聲「喵——」。

遇見貓那年，戰火紛飛。我對人類的命運不太關心，只心疼白白被扔掉、燒掉、毀壞的書籍，鎮日奔波在殘垣斷壁之間，搶救那些書。

有一天，我特地前往當時一位知名大臣的府邸。因主人一家逃難，滿園荒蕪，雜草叢生，走獸亂竄，鴉雀紛飛，雕梁畫棟蒙塵納垢。我從窗口跳進書屋，只見字畫散落一地，書架傾倒，一隻黑貓端坐桌上，正在低頭讀書。

09 了不起的貓

相傳很久很久以前，人懂獸語，獸懂人言，大家都聽得懂植物和風的歌唱。自從人類發明了文字，創造出美妙的字與詞句後，萬物才逐漸疏遠了彼此。然而一些聰敏的獸類，學會了人類的語言，看懂了人類的文字，比如我，還有貓。

那時，貓不理會我，我也不招惹牠。直到我扛著一口袋書，跳出窗外，牠才朝我追趕而來。

高高的山上，有棵古老的松樹。松樹下，有一間木屋。木屋前，有一畦地，我在上頭種花種菜。

屋後有一汪清泉，可以洗瓜洗果。木屋裡擺滿了書。我日日鑽進書堆裡，採擷字詞，汲取日月光輝，尋找傳說中伏羲造字之初的奧祕，漸漸摸索出提詞煉字之道，讓它們顯形散味。

貓隨我回到木屋裡，看到一個個字像樹，像雲，又像水，見到一個個詞似飛蝶、似游魚、似羔羊，又聽到它們發出音樂般的聲響後，就再也不曾離開。

我們一直相伴至今。

貓很少說話。牠懂得人類語言，但不擅長使用。牠敬重且珍惜每個字詞，謹慎地對待每一句說出口的話。

貓比我強大。

一隻貓，懂得人類的文字和語言時，就不再是普通的貓。當牠從不為此感到自豪或驕傲時，就是一隻了不起的貓。

10 奇怪的客人

她坐在我面前，一言不發。真是急死人了，不，是急死老狐了！

我瞥了貓一眼，貓不理我，踱步去了後院。

她既然走進店裡，就是有事求助，卻又一聲不吭，這算什麼？我從桌上站起來，想趕走她。

她一時急了，忙用手比畫著什麼。

她是失聰者？

「妳打算和我猜字謎？」我著急問她。

她搖頭，眼眶裡瞬間泛起兩行眼淚。

怎麼眼淚說來就來？

「說吧，究竟什麼事？我經營詞語，兼營字句，也做字與詞句的抛光、翻新、淨化等業務。」我本來還想說，如果妳的世界裡沒有語言，不使用字與詞句，就趕快走出店門左轉回家去。

她繼續急急地比畫起來。

10 奇怪的客人

我將貓喊了進來。

「你瞧出什麼意思了嗎？」

貓舔舔爪子，喵了一聲，又轉身去了後院。

沒用的傢伙。

要不是那些眼淚，我真不想再搭理她。

貓拿來紙筆，放在她面前。

啊，貓果然比我聰明！

她拿起筆又放下，放下了又拿起來，來來回回好幾次，我懂了。她會寫字，也沒有失聰，只是那些靈動的、活潑的字與詞句，似乎遭遇到什麼，像變成了水泥、變成了石塊一樣，在

她的腦海裡凝固了，她再也無法捲起柔軟的舌頭將它們說出來。

我曾遇過這種情況。

有個老婆婆，老伴去世後，不再開口說話，她的家人帶她來到我的店裡。「妳可以選擇不再說話。」我對她說。

語言，是人類彼此溝通的工具之一，但不是唯一。不再使用它，不見得會和別人產生距離感，相反地，說不定內心反而因此安靜下來，更能傾聽自己和別人的心聲。

如果不願意再說話，沒關係，除非妳會為此感到痛苦。

對著紙筆落淚的她，明顯很痛苦。

10 奇怪的客人

她希望我能讓那些凝固在她的世界裡的語言重新流動，重新活過來。

我帶她去了靜室。

靜室中放著一張古琴。

「不能說話時，可以寫字、畫畫或彈琴。」我對她說。隨後，我脫掉靴子，坐下，等待她行動。

她比了比手勢，意思是自己不會彈琴。

「沒關係，我也不會，妳想怎麼彈就怎麼彈。」

她半信半疑。

叮咚——琴弦發音，像一顆小石子扔進了一潭死水，看啊，

激起了一圈又一圈漣漪。

音樂和語言從來都是相通的。她想表達的，會透過指尖，傳遞給琴弦，琴音將攪動她內心凝固的語言，讓它們重新醒過來。

一開始，她彈得很謹慎。片刻之後，就像狂風暴雨驟至，琴音變得刺耳尖銳，如同雷鳴電閃。

屋裡屋外都暗了下來，陰鬱之氣源源不斷地從她內心跑了出來。又過了一會兒，她的情緒似乎已得到紓解，無數言詞由此獲得力量，開始慢慢蠕動。

漸漸地，琴音變得低沉、渾厚。

「我聽別人說過這家店，就……就想……也許，也許你能幫我。」她開口了。

接下來，就簡單了。我只要做個好聽眾就行了。

她遭遇了一場車禍，作為一名倖存者，她始終無法原諒自己。她封存了語言，切斷了自己和他人的交流，想要築起一道圍牆，困守自己。

「那段時間太痛苦了。」她捂著臉，掉下眼淚。

她繼續滔滔不絕地說著，一個個脫口而出的詞語、句子，似花瓣般落下。

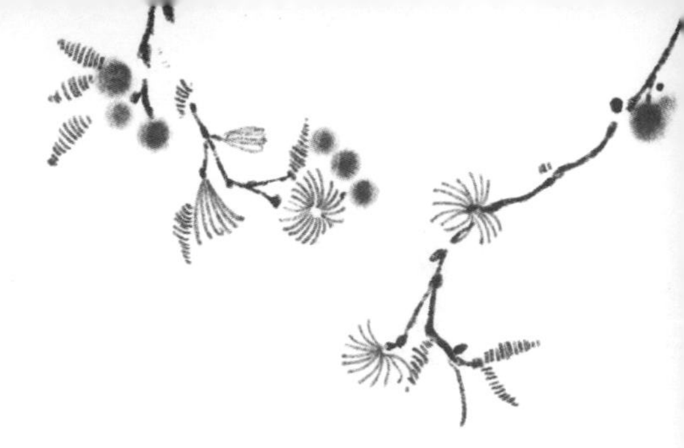

11 喚醒沉睡的字

月夜，我獨自坐在桂花樹下，喝茶，賞月，真美好。

貓輕悄悄地來了。牠後面還跟著一條狗。

狗？

是小巷裡酒坊家的狗，長身細腰，毛色黑白灰黃混雜，垂著耳朵，雙眼明亮警覺。

貓帶牠來做什麼？

狗端坐在我面前。

一黑貓，一白狐，一花狗，月下聚會？我對狗向來沒有好感。

貓不倒茶，卻拿來筆墨紙硯，攤放在我面前。這傢伙，是在狗面前吹了牛，想讓狗見識見識我寫字？

不寫，不寫。

貓又竄去店裡。片刻後，牠抱出了幾個字瓶。居然敢私自動我的東西？我頓時一股氣上來，想要阻止牠。我看到狗伸出了舌頭，好奇地瞧著我和貓。貓和狗素來是對頭，這時候，我

要是讓貓丟了面子也不好。

我繼續喝茶。

原本冷清的院落，因字瓶的出現，變得影影綽綽。貓一一喚醒了沉睡的字。木棍小人形的「火」，在瓶子裡開始搖曳，由一團黑變成了灰色，又變成象牙白，然後是淡淡的粉紅、淺紅，最後是火焰的鮮紅。它在瓶子裡蹦跳，呼呼呼地歡呼。

貓將「火」倒出瓶子。狗嚇了一跳，以為是真的火焰，而不是由記憶、氣味等構成的煙霧畫面。

貓瞧出了狗的心思。牠伸出爪子，穿過火焰。

這個「火」字，有股松香味。每個字詞裡，都殘存著原始的味道和樣貌。

狗很驚訝，吐出了舌頭。牠學貓，也將爪子小心翼翼地伸向「火」。「火」不燙不熱，但它傳遞的訊息，正如它顯現出來的一樣，是一團火。

字，就是如此，搭建起人和物溝通的橋。

貓又倒出了一個「藥」。「藥」忽而紅忽而紫忽而白，忽而是花，忽而是草，忽而像獸，散發出好聞的清香味。

貓朝狗喵了一聲，將「火」放到「藥」旁，只聽見砰一聲，「火」和「藥」消失了，變成了一團黑色的氣體，散發出刺鼻的味道，飄散在狗的面前。詞語「火藥」誕生了。

貓得意地喵喵叫，狗卻嚇得嗚汪一聲，夾著尾巴，朝桂花樹下躲去。

我忍不住哈哈大笑。

貓也會惡作劇啊！只是浪費了我的「火」和「藥」，「火藥」可沒顧客願意買。

哪怕修煉千年，被字詞滋養，在人類間混跡，動物的獸性仍難以去除。狗的狼狽模樣，讓貓更興奮了。

牠又倒出一個「風」字。「風」不易控制，夾著一條透明的長尾巴，在院子裡瘋狂亂竄。這還不夠，牠居然又放出另一個「風」。兩個「風」呼呼呼地跑來跑去，變成了花啊、鬍

鬚啊、茶啊、壺的模樣。狗卻嚇得不輕，嗚汪嗚汪地叫著。我朝牠舉杯，安慰牠。

貓又接連放出兩個「火」字。這下好了，兩團火，兩股風，在院子裡你追我趕，真是風風火火。

又過了好一會兒，狗總算明白了，坐到我身邊，和我，和貓，在月光下，一同朝風、火、藥看去。

我們和火、藥、風三個字，度過了一個有趣的夜晚。與字詞相伴，永遠不會感到寂寞。

12 新名字

從前，我最不喜歡雨季，淅淅瀝瀝的雨總是下個不停。如今，我已經逐漸適應了。

門外面，雨無聲地下著。店鋪裡，貓在睡覺，香在燃燒，我和滿屋的字瓶詞罐相對互看，安心自在。

敲門聲響起，我以為聽錯了，沒理會。過了一會兒，又響

起來。貓被吵醒了，看著我。

這樣的天氣，適合發呆，適合睡覺，不宜招待顧客。可是，客人已經來了。

今天來的，是一位年輕人。看他臉色發白，眼神激動，雨傘也掀翻了，頭髮淋得濕漉漉，難道，他也是為了愛情來這裡尋求甜言蜜語？

這種忙我可不幫。

前幾天，就有個傢伙跑來店裡，說要買幾個裹著蜜糖般的詞語，用來追女孩。把我這店鋪當什麼地方了？

一個詞句，若是沒有用感情孵化過，無論表面多麼光鮮亮

麗，落到對方的耳朵裡，只是一陣風，更別談會在別人心裡生根發芽了。

我拒絕了那個傢伙。

語言，要是傳遞虛情假意，那乾脆別說出口，禍害別人。原本端正好看的字詞，一旦使用不當，再加入人的惡劣情緒或壞心眼，就會變成破銅爛鐵，說出口時硬邦邦的，刺耳難聽。

貓拿來乾淨的布，讓他擦乾頭髮上的雨水，又體貼地生起了小火爐。屋裡變得暖和不少。

我端坐在桌旁，不疾不徐地喝茶。

「我來這裡，是想得到狐大人的幫助。」他的臉漲得通紅。

難道來我的店裡尋求幫助是丟人的事？再說，來店裡的顧客哪個不是來找我幫忙？我不滿地想。

「說吧，你是想購買新詞，還是想對詞語進行拋光、翻新或打磨？」我又啜了一口茶，慢條斯理地問他。

「不，我不是來買詞的。」他羞澀地說。隨後，他從懷裡掏出幾張紙。「我想請狐大人幫忙看看，這幾個詞裡哪個最好。」

什麼嘛，是這方面的幫忙啊！我心有不甘地探出頭，看他將手中的紙一張張攤放在桌上，上面分別寫著「半勺風」、「冬瓜魚」、「麥吉南」、「黑白雲」。

12 新名字

我不解地看著年輕人。

「大人，你第一眼看去，覺得哪個詞更好呢？」

將不同的字詞放在一起，形成新的字詞，或者說這是他自己造的詞。我平日無聊，也喜歡玩這個遊戲。遇上喜歡的新詞，我還會寫下來，日日用心看、用心唸，等到這些新詞汲取了靈氣，變得有形有味後，我就會放入詞語瓶，賣給那些缺乏想像力的人。

我抬頭瞥了年輕人一眼。難道他知道我會販賣新穎的自造詞，想要賣給我？

我伸出手指，本想指向後面兩個詞，但鬼使神差地，我還

是老老實實選了自己喜歡的「半勺風」和「冬瓜魚」。

「我也覺得這兩個名字更好一點。」他搔著腦袋說。

名字？

「這是我想要給自己取的筆名。我想當一個小說家，考慮了好久，一直下不了決心該取哪個當筆名。」他的臉又紅了。

原來是這麼回事。

真搞不懂現代人，好像嫌棄自己的本名，想要開創一番事業之前，總想先換個名字，就像準備變成另一個人似的。難道換個自認為好聽的名字，那名字就能帶來好運？

見我撇嘴，年輕人好像怕我誤解，連忙聲明是自己的本名

12 新名字

難聽難記，實在不宜作為小說的作者署名。

這傢伙，不是應該先把心思放在寫好小說嗎？若不是擔心傷到我的書，真想拿一本砸向他。

名字，是一種特殊的詞語。

每個名字，一旦被父母和親友親暱地叫喚過，被人深情地書寫過，即便再平凡，也會像古物積年累月形成的光澤一樣，流露出特殊的光芒，散發出獨有的味道。每個人，只要認真注視過自己的名字，就會體會到那份不一樣的情感。也就是說，看似再平凡不過的名字，只要曾被認真對待，就不再是平凡的名字。

我嘆了口氣。

貓為我沏了一杯香茶。

年輕人不懂，又問「半勺風」和「冬瓜魚」哪個更好。我要他將本名告訴我。「喬高明。」他說。

這名字聽起來的確有點普通，但和我預料的一樣，它像一團被柔和光線所包覆的溫潤的玉，散發出一股讓人安心的光芒。

兩個待選的新名字，還無光無味無形。

「也許正因如此，我才想要一個完完全全屬於我的名字，一個由我磨出光芒的名字，讓它陪我建立起屬於我的寫作王

12 新名字

國。」這傢伙倒是聰明，明白我想要說什麼，馬上激動地說。

這番話說得很好，我不由得一怔。沒錯，已經存在的名字，雖有美麗的光芒，但也許會形成羈絆。

新名字，新開始。

「選半勺風吧。」說完，我埋頭喝茶。

雨還在下。年輕人走了，貓拿來紙筆，我認真寫下「冬瓜魚」三個字，掛在書架上。

冬瓜魚、冬瓜魚……相信一個胖乎乎的、像魚一樣的新詞，將會很快誕生。

「今晚吃魚吧。」我突然開心起來，對貓說。

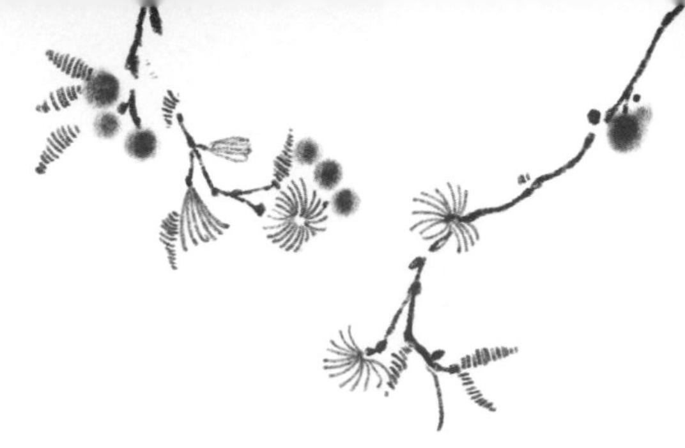

13 撿詞語

夏天的深夜，最適合漫無目的遊蕩。

我和貓舔著冰棒，悄無聲息又漫不經心地遊走在大街小巷。

月光淡淡，星星滿天，涼風吹過，冰棒甘甜。

忽然，貓停下腳步。

13

撿詞語

前面的草叢裡，傳出窸窸窣窣的聲音。

老鼠？

我瞥了貓一眼，莫非千年老貓也改不了愛捉老鼠的習性？

貓將冰棒一口塞進嘴裡後，趴在地上，慢慢爬了過去。我正想笑，窸窣聲更清楚了，一股花香、草香、水果香夾雜著腐爛的豆酸味、發霉的花生味，朝我們迎面襲來。

奇怪！我伸長脖子，也躡手躡腳地跟在貓後面，朝草叢走去。原來是十多個呈各種形狀、如星星碎片般被扔掉的詞語，掉落在草尖上所散發出的氣息。

可惜，今晚出門沒帶字詞網。

我正想喚貓回去拿網，牠卻一個縱身，朝它們撲過去。真是個心急的傢伙。只見詞語們受到了驚嚇，如蜂蝶般朝四面八方飛去。

「喂，我是詞語商店的店主。」我連忙亮出身分。可是，這些詞語並未停下來。

貓急急地朝幾個好看的詞語追過去。

我素來喜歡優哉游哉地到處遊蕩，但是詞語也到處遊蕩就太不像話了。我摘下頭頂的涼帽，朝企圖躲進磚縫裡的詞語們撲過去。

它們看似也不想逃了，我輕易地就捉住了它們。

13
撿詞語

四個小傢伙髒兮兮的，散發出難聞的味道。

「我不會消滅你們。」我連忙聲明。要知道，古往今來，許多字詞都在有意無意中被消滅了。

它們怯生生的，發出黯淡的光。顯然，它們剛被人扔掉不久。

貓回來了，兩隻前爪上，像捉老鼠似地逮住了一串字詞。

我看了好一會兒，才認出它們來：跑、白菜、橘貓、餓、滾、屁瓜。亂七八糟的，它們彼此間沒有任何關聯，像是豆子一個接一個從豆莢裡滾出來似的。

貓喵喵叫著，問我怎麼辦。能怎麼辦？詞語一旦離開了說

話的主體，超過二十個小時就會像露珠蒸發般消失。我將它們裝進自己的涼帽，再將帽子戴回頭上。

「走吧，離天亮還有些時間。」我對貓說。

我將雙手放在背後，翕動著鼻子，一路聞，一路朝護城河走去。詞語一旦被人使用過，就不再是毫無生命力的存在，它們會沾染上使用者的氣息，擁有屬於自己的獨特脾性。

我根據它們的氣息，捕捉空氣中相似的味道。很微弱，像一根若有似無的細線在空中飄動著。

我和貓循著味道前進。

耐人尋味的氣息，和撿到的那幾個字詞一樣，混雜著怒

13 撿詞語

氣、激動、興奮的情緒。

前方灌木叢上，發出星星碎片般的光亮，又是一串亂七八糟的詞語。也只有在這樣安靜的夜晚，才能被我和貓看到。

不遠處，一個人扶著護城河邊的欄杆，忽而喃喃自語，忽而朝河水大罵，又哭又笑。

難怪這些詞語怪怪的。不斷遺忘，不斷創造——字與詞句，在這些人的腦海裡，它們像糨糊一樣，被胡亂攪成一團。

貓看著我，似乎要我將撿到的字詞還給那個人。難道牠覺得那人的腦袋裡還不夠混亂嗎？

貓繼續盯著我。

那，我只好還回去。

我想了想，倒出帽子裡的字詞，又捉來了灌木叢上的小傢伙，將它們編織成這樣一句話：橘貓餓了，啃白菜，滾來屁瓜，嚇得鯽魚飛上天。

剛編完，整句話繚繞成一團淡藍色的煙霧，飛向那個人。

咯噔！那人愣了一下，停止呢喃，朝我和貓看過來。

「晚安。」我說。

「橘貓餓了，啃白菜，滾來屁瓜，嚇得鯽魚飛上天。」他回我。我點點頭，走過去，和他一起，看著河水浩浩蕩蕩向東流逝。

14 胖蟲子

這天中午，貓領了一名少女進來。

少女嚼著口香糖。一進門，兩眼骨碌碌地東張西望。

「聽我姑姑說你這間店滿神奇的。」她雙手往桌上一撐，湊到我臉前說。現在的小孩都這麼沒禮貌嗎？

我閉上眼，不理她。

「啊，這是什麼？」

不好，她要動我的《吃雞全譜》！

我趕緊睜開眼，把書奪回來。

「說吧，什麼事？」我無奈地說。

「沒事、沒事，就是聽說你這家店很多趣事，有點好奇。」

她搖頭。畢竟還是個孩子，看她的眼神，分明沒說真心話。我佯裝不知，喚貓送客。

她這才急了。

「也不是完全沒事。」她連忙笑著說：「還是有點小事想求你，芝麻那麼點大的事。」

「說吧。」我盤腿而坐，腰身挺得筆直。

「是這樣的，我媽總說我有點傻，你看我會傻嗎？」

貓端來一杯檸檬水給她。

「我媽不但說我傻，還說我笨、沒腦子、不思進取，只知道玩。」她頓了一下，「我爸呢，雖然不會罵我，但總說我應該要變得更優秀，應該要更懂事，應該要更勤奮，應該要更勇……」

「停停停。」我打斷她。要知道，我最厭煩「應該」這個詞了。這個詞出現在父母教導孩子時，就更讓人感到厭煩。什麼是「應該」？

「我呢，被他們說來說去，好像真的變笨了，所以來你這間店逛逛，散散心。」

她還在嘴硬。

「那妳是真的變笨了嗎？」我慢條斯理地說。

「怎麼會呢？我唱歌滿好聽的。」她掩飾著。

我看著她，不吭聲。

「他們天天說來說去，你知道，有時候，一句話說多了、聽多了，就會成真。況且，每次考試我都是班上倒數幾名，你說我是不是真的很笨、很沒腦子？」剛進門時的嬉笑模樣消失了，她有點悲傷地說。

14 胖蟲子

「妳覺得呢？」

「我不知道，所以才來找你，希望你能幫我。」

好吧，終於說到了重點。我也懶得再和她兜圈子。

「再將妳聽到的那些難聽的話說一遍。」

「啊？」她困惑地看著我。

「我想確認它們是否感染了病毒。」

「哦。」

於是，她再說了一遍。

我用字詞網將那些話全部網住，認真查看。

一句話是否感染了病毒，不在於那句話本身，也不在於說話的人，而在於說話者和聽話者之間的情感親疏程度。最重要的是，聽話者是否被話語所綁架。這就像說話者撒下一張網，聽話者是否心甘情願接受，並且還願意待在網中。

那些話，已經變得灰灰白白，還出現斷裂的痕跡。顯然，的確有病毒。毒素就在於女孩逐漸認同了這些話。還好，她試圖掙扎，然後找上了我。

「現在，我該怎麼辦呢？」她小聲問。

語言這種毒，我也沒有特效藥或解毒劑，只能用別的字與詞句為它們消毒。

我從書架上取下一個字。

它胖乎乎又圓滾滾的，發出一團白光，帶著一股甜糯米餈粑味。這個字，雖然不能立刻幫她祛除病毒，但至少能阻擋病毒繼續侵擾她。

「以後想到那些話時，就加上這個字。」我對她說。

「我最笨嗎？我很傻嗎？我應該……」

「停停停！」真是的，忘記幫她刪掉「應該」了。

貓取來一盞燈。

「應該」已經變成了一隻黑漆漆的胖蟲子，散發出一股腐爛的花生味。我將牠扔進火裡，牠被燒得直冒煙。

「好啦，反覆說幾遍剛才那些話，並試著自問自答。」

「我最笨嗎？我很傻嗎？我勤奮嗎？我勇敢嗎？我最笨嗎？才不是。我很傻嗎？有時的確傻。我勤奮嗎？不勤奮。我勇敢嗎？勇敢……」

想要破壞一張結實的網，並不容易，但要割破一點點，還是可以的。那個「嗎」，就像一把小刀，會慢慢幫她割開網的縫隙。當然，她還得在這個字裡注入力量。

我決定好狐做到底。「如果有空，下週再來一次吧。」我對她說。

貓送她離開。

「再見，狐大人！」她舉起手，嘴角上揚。

這時，她真心地微笑著。

我伸了一個懶腰，依舊盤腿坐在桌上。

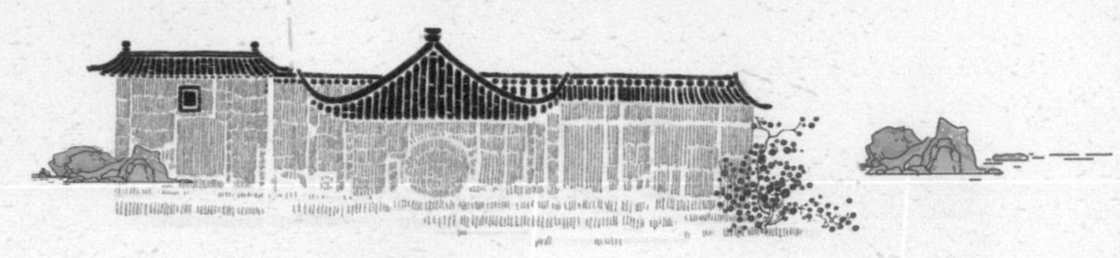

故事說到這裡告一段落。如果你也有詞語需要保養、拋光、清洗和烘焙，歡迎去找貓，請牠帶你來到詞語商店。

你問貓在哪裡？哎呀，我也不知道牠又跑到哪裡去了。

歡迎光臨！奇蹟詞語商店

找回幸福的神奇瓶子

Y005

作　　者｜廖小琴
插　　畫｜倪　文
封面設計｜謝佳穎
內頁排版｜簡單瑛設
責任編輯｜鍾宜君
特約編輯｜周奕君
印 務 部｜江域平、黃禮賢、李孟儒

出　　版｜晴好出版事業有限公司
總 編 輯｜黃文慧
副總編輯｜鍾宜君
行銷企畫｜胡雯琳、吳孟蓉
地　　址｜10491 台北市中山區中山北路三段 36 巷 10 號 4 樓
網　　址｜https://www.facebook.com/QinghaoBook
電子信箱｜Qinghaobook@gmail.com
電　　話｜（02）2516-6892　　傳　　真｜（02）2516-6891

發　　行｜遠足文化事業股份有限公司（讀書共和國出版集團）
地　　址｜231023 新北市新店區民權路 108-2 號 9 樓
電　　話｜（02）2218-1417　　傳　　真｜（02）2218-1142
電子信箱｜service@bookrep.com.tw
郵政帳號｜19504465（戶名：遠足文化事業股份有限公司）
客服電話｜0800-221-029　　團體訂購｜02-22181717 分機 1124
網　　址｜www.bookrep.com.tw
法律顧問｜華洋法律事務所／蘇文生律師
印　　製｜凱林印刷
初版 3 刷｜2024 年 5 月
定　　價｜350 元
I S B N｜978-626-97758-5-9（平裝）
I S B N｜9786267396049 (EPUB)
｜9786267396032 (PDF)

國家圖書館出版品預行編目 (CIP) 資料

歡迎光臨！奇蹟詞語商店／廖小琴著 . -- 初版 . --
臺北市：晴好出版事業有限公司出版；新北市：遠足文化事業股份有限公司發行 , 2023.10
144 面；14.8×21 公分
ISBN 978-626-97758-5-9（平裝）
859.4　　112015934